LA JOUEUSE DE THÉORBE

Image de couverture
D'après une rosace de théorbe
du début du XVIe siècle.

Patrice Salsa

La joueuse de théorbe

Copyright © 2016 Patrice Salsa
Tous droits réservés. *All rights reserved.*

Éditeur : BoD-Books on Demand,
12/14 rond point des Champs Élysées,
75008 Paris, France

Impression : BoD-Books on Demand,
Norderstedt, Allemagne

Dépôt légal : décembre 2016

ISBN : 978-232-211-3866

*Il avait fini le portrait de la comtesse, le meilleur,
certes, qu'il eût peint, car il avait su voir
et fixer ce je ne sais quoi d'inexprimable
que presque jamais un peintre ne dévoile,
ce reflet, ce mystère, cette physionomie
de l'âme qui passe, insaisissable, sur les visages.*

Guy de Maupassant, *Fort comme la mort*, 1889.

L'homme aime les signes et il les aime clairs.

Roland Barthes, « Le message photographique »,
Communications, 1, 1961, pp. 127.

Ma très chère Éva, voici trop longtemps que je te laisse sans nouvelles, succinctes ou détaillées, et toi-même, cruelle, tu ne te manifestes guère, ou seulement de loin en loin. Mais bien que je dispose de quelques jours de liberté presque totale, inespérés et pourtant si attendus, je diffère encore le détail de mes derniers mois, pour honorer une vague promesse, faite sans y penser, comme on renvoie à une date indéterminée un engagement improbable prononcé bien plus pour libérer l'instant que pour honorer le futur.

Dans ce taxi immobilisé par les embarras de la circulation, j'avais commencé à t'entretenir de cette soirée que tes obligations du moment t'avaient empêchée de rejoindre et à évoquer l'histoire que j'y avais racontée, mais une soudaine éclaircie dans le trafic avait écourté notre trajet et mon récit, qu'au moment de se séparer, dans des embrassades abrégées par nos retards respectifs, tu m'avais prié alors de mettre par écrit. J'avais bien entendu acquiescé, sans songer à la difficulté de l'entreprise.

Relater de façon décousue une succession d'événements en se permettant toutes les digressions et les apartés utiles à l'intelligence du récit, s'aidant du regard de l'autre et de ses questions pour effectuer toutes les reprises dans le tissu de la conversation, et rhabiller par toutes les retouches appropriées les désordres de la causalité, est, somme toute, assez aisé. Quand le désir d'écoute est là, l'assiette du dialogue se maintient sans peine, malgré les cahots de son cheminement ; cela se fait presque sans y songer, d'autant plus qu'on se sait excusé d'avance tant que le vagabondage des anecdotes particulières ne voile pas la clarté du propos général.

Il en va tout autrement lorsqu'il s'agit de porter le même récit dans l'espace solitaire de l'écriture. Que faut-il mentionner, que faut-il omettre, que faut-il répéter ? Que faut-il désarticuler puis rassembler de la plate continuité des faits pour en faire surgir le sens, entendu tant comme signifiance que comme direction qui nous convainquent que le hasard possède en fait une organisation cachée ? S'il est une illusion nécessaire, c'est bien celle-ci, nous préservant de l'horreur sans nom du chaos absurde présenté par le monde et son histoire.

Aussi, je ne te dirai pas que ce qui vient a été composé d'un seul jet suite à une mûre réflexion, telle la flèche quittant, après la suspension de la visée, son arc pour se ficher en une parabole inexorable au cœur de la cible. Bien au contraire, si le dessein était tracé d'entrée, les éléments du bâti ont été élaborés séparément, puis agencés au prix de bien des tentatives pour les ajuster les uns aux autres, le marteau a cogné parfois vivement sur le ciseau pour retailler la pièce récalcitrante, le polissoir a tenté au mieux de parfaire les joints, de masquer les soudures, d'effacer les repentirs.

Si tu me lis jusqu'au bout, très chère Éva, sans soupirer, sans être ennuyée par les artifices, sans te sentir flouée du temps que tu auras accordé à ces quelques pages, j'aurai alors la satisfaction de n'avoir pas perdu le mien.

Un soir de brouillard comme il n'y en a presque plus dans la belle ville de L., sauf parfois en novembre, je me trouvais à dîner chez A. M., avec quelques amis, dont tu aurais dû être.

Le repas, tu t'en doutes connaissant les talents de notre hôte, fut splendide et raffiné. L'entrée – des Saint-Jacques à peine braisées dans du beurre fermier, relevées de feuilles d'anis vert fraîchement ciselées et d'une pointe de poivre du Sichuan – nous permit de terminer le chablis vieilles vignes qui avait déjà accompagné les amuse-gueules de tapenade et d'olives *ascolane*.

Nous pensions déjà être en paradis, mais nous en avions à peine franchi le vestibule. Quand se dressa sur la table un bœuf Wellington, un silence admiratif remplaça le brouhaha des rires et des propos badins, bientôt suivi par des soupirs extatiques lorsque de la croûte tranchée en parts s'exhalèrent les fumets de la duxelles et du foie gras. Pour accompagner ce plat, on présenta un immense tagine de légumes variés, carottes de différentes couleurs – certaines d'un violet presque noir –, topinambours, chou de Siam jaune pâle coupé en dés, petits cerfeuils bulbeux à la blancheur d'albâtre, crosnes nacrés de rose, cœurs d'artichaut luisant tel du jade humide et boutons mauves de chardon calabrais, patates douces, panais, héliantis et châtaignes, qui composaient un mandala égayé par des pointes de chou romanesco et de lamelles de betterave crapaudine dont personne n'osait rompre l'harmonie jusqu'à ce que notre hôte, enfonçant résolument la cuillère de service dans cet hypnotique labyrinthe, déclare *Je vous ai montré le chemin, c'est* à vous de le parcourir. Il y eut un éclat de rire, et, en échanson attentionné, je versai le Vosne-Romanée qui nous attendait dans sa carafe depuis une petite demi-heure.

On servit en dessert des coupes Pavlova, voluptueuses et aguichantes.

Après le pousse-café et les chocolats, bien que la soirée fût déjà très avancée, il devint manifeste que personne n'avait envie de quitter cette chaleureuse compagnie pour s'en retourner au cœur des brumes sombres qui rendraient, à coup sûr, le pavé glissant et hasardeux.

On proposa une nouvelle tournée de liqueurs, auxquelles certains préférèrent des infusions, ce qui fut l'occasion de sortir quelques madeleines, et sur les harmonies des *concerti* pour deux claviers d'Antoni Soler, la conversation vint à rouler sur les phénomènes mystérieux et inexplicables dont nous avons tous entendu parler, à défaut d'en avoir été le témoin; chacun y allait de son anecdote où il était question de songes prémonitoires, de hasards trop incroyables pour n'être que des coïncidences, de pressentiments insolites et de coups funestes ou favorables d'un destin trop souvent prévisible, comme, malheureusement, tout ce bavardage auquel je ne prenais pas part. On remarqua mon silence et on m'interpella gentiment.

— Toi, bien entendu, l'agnostique endurci, tu penses qu'il ne s'agit là que de sornettes et de billevesées ?

Je m'apprêtais à rétorquer par une de ces saillies féroces à double détente qui me font détester des pisse-froid, lorsque je me ravisai.

— Détrompez-vous, pour bouffer du curé à m'en rendre malade, il n'en reste pas moins que je partage l'opinion qu'Hamlet expose à Horatio.

— Et sur quelle expérience sensible se fonde cette belle assurance ? me pressa-t-on de répondre.

— C'est une histoire assez longue et complexe… Il est déjà tard, et je ne sais pas si j'ai le talent de conteur qu'il faudrait pour vous la narrer correctement.

— Allons, ne te fais pas prier, s'il te plaît !

Je pris quelques instants pour rassembler dans mon esprit les différents éléments importants du récit que j'allais entreprendre et le commençai.

— Vous connaissez tous la petite ville d'U. dans les Marches ? Devant les hochements de tête affirmatifs, et légèrement impatients, je poursuivis.

« Il y a environ cinq ans, lors d'une mission, j'avais été convié un soir comme celui-ci à dîner chez D. G., une de mes connaissances qui vit à W. et m'avait offert l'hospitalité pour la nuit que je devais y passer. La plupart des gens qui se trouvaient là m'étaient inconnus, et, fatigué par mon voyage, je n'avais pas fait de réels efforts pour mieux les découvrir, aussi ne fus-je pas mécontent de voir les convives prendre congé. Tandis que mon hôte raccompagnait les derniers invités jusqu'à la porte du jardin, j'examinais les cadres aux murs du salon de musique qui faisait aussi office de bibliothèque. Il y avait là quelques pièces assez remarquables, parmi lesquelles une rare épreuve *avant la tombée* de Charles Nicolas Cochin représentant le rapt d'Europe, dont la tonalité gaillarde me réjouit. Encore souriant de la malice du graveur, je contemplais assez distraitement les autres œuvres quand mon regard fut attiré par une photographie quelque peu cachée dans une encoignure. Ce qui, en fait, avait appelé mon attention, c'était la banalité du sujet. Le tirage en noir et blanc, légèrement surexposé, représentait un pan de mur en briques, occupant environ les deux tiers de la surface, tandis qu'à l'arrière-plan, sur un ciel sans nuage, se découpait un paysage vallonné, dont seuls deux cyprès rompaient l'agreste monotonie. Il ne se dégageait rien de spécialement harmonieux de cette vue, ce qui m'étonna, car j'avais toujours été admiratif, dans ses clichés, du sens du cadre et des proportions de mon hôte, photographe à ses heures.

Perdu dans mes réflexions sur le sens de cette photo, je sursautai quand il posa sa main sur mon épaule.

— Est-ce que tu la vois ?

— Qu'est-ce que je suis censé voir ?

— Il est vrai que dans ce recoin mal éclairé, ce n'est pas évident. Mais, tu comprends, j'ai peur que la pleine lumière ne finisse par la faire passer. Il y a des jours où je doute même de son existence, et me demande si je n'ai pas rêvé tout cela.

Ce disant, il décrocha le cadre et me le mit entre les mains.

— Regarde bien. Tiens, approche-toi du lampadaire.

Sous la luminosité plus vive, à force de manipuler l'objet, je finis par distinguer, sous une orientation précise, un vague contour. Il me fallut quelques tentatives encore pour retrouver l'angle juste. Oui, c'était indéniable, sur le mur de briques se découpait, à peine moins pâle, une ombre, la silhouette d'une personne assise tenant sur ses genoux un instrument, que je supposai à cordes, dont le manche me parut bien long pour être celui d'une guitare, mais j'attribuai cette aberration à une déformation optique due à la position de trois-quarts du personnage.

— Alors ?

— Oui, effectivement, je vois une ombre, mais c'est vraiment ténu.

Il poussa un imperceptible soupir de soulagement.

— Au moins, cela prouve que je ne suis pas complètement fou. Ou, du moins, pas encore.

— C'est toi qui as fait cette photo ?

Il me la reprit, et, la contemplant d'un air douloureux, me répondit.

— Malheureusement, oui.

— Dans quelles circonstances ?

— C'est une histoire assez longue et complexe… Il est déjà tard, et je ne sais trop…

— Allez, ne te fais pas prier !

— Si tu insistes. Mais passons au salon. Je vais ranimer le feu et nous servir un alcool. Les soirées sont froides et humides, en cette saison.

Quelques minutes plus tard, confortablement installés, devant une belle flambée, dans des clubs délicieusement fatigués, nous réchauffions entre nos mains, dans de gros verres cubiques en cristal de Hongrie, une généreuse rasade de Southern Comfort.

Mon amphitryon avait posé la photo sur ses genoux et contemplait, absent, les flammes crépitantes. Je me permis de le rappeler aimablement à l'objet de ce prolongement de soirée.

— Eh bien, soit! Mais je suis certain que tu vas penser que je délire, ou pis encore, que j'affabule.

Je me gardai bien de le démentir, réservant mon jugement à l'exposé des faits.

— Il y aura dix ans cet été, pour mes recherches sur les opéras perdus de Vivaldi, je séjournai plusieurs semaines à N., à l'invitation du *Dottóre* T., éminent musicologue aujourd'hui décédé. Après ces longues journées passées, pour des résultats décevants, dans la poussière et la chaleur des archives municipales, je décidai de m'octroyer quelques jours de vacances dans la ville natale de Raffaello Sanzio, voisine, où se tiennent, durant la belle saison, dans les locaux universitaires désertés par les étudiants, des *master classes* fameuses qui attirent professionnels et amateurs du monde entier. Le jour de mon arrivée, ayant manqué les cours du matin et en attendant le concert du soir, je flânai en ville et je finis par pénétrer dans un petit cloître qui annonçait discrètement une exposition de peinture rassemblant les achats récents d'une banque locale, de telles initiatives constituant, comme tu le sais peut-être, une avantageuse méthode de défiscalisation dans ce pays. L'ensemble, une douzaine de toiles plutôt médiocres, était décevant, des œuvres d'atelier ou de petits maîtres ignorés, mais je tombai en arrêt devant un portrait dont la facture s'élevait clairement au-dessus des autres. Le cartel annonçait une attribution à l'école d'Agnolo di Cosimo di Mariano Tori, plus connu sous le nom de Bronzino, et laissait entendre qu'il y aurait mis la main. Cela ne m'étonna pas car, vraiment, on y reconnaissait la marque du portraitiste de la cour de Cosme Ier de Médicis : la sûreté du contour, l'utilisation des couleurs pour leur valeur propre, intensifiant l'expression plastique et suscitant une forte individualisation du sujet, non dénuée d'ambiguïté. Il s'agissait d'une jeune joueuse de théorbe, légèrement tournée vers la gauche, les cheveux blonds pris en chignon dans une résille à larges mailles d'où quelques mèches s'échappaient pour boucler sur une oreille petite et délicate, le nez étroit, les yeux bleu sombre largement écartés, les épaules rondes sous un casaquin de batiste à large encolure carrée découvrant le haut d'une gorge ferme et généreuse ; ses doigts, enfin, longs et à peine spatulés, étaient placés en position d'accord rentrant sur le grand jeu. L'autre main, indolente, effleurant les cordes à hauteur de la rosace, présentait les caractéristiques d'irréalité propres à la manière de Bronzino, le majeur et l'annulaire joints mettant en évidence une légère crispation de l'index orné d'un anneau d'or où luisait une émeraude de belle taille et une perle assorties à la girandole accrochée à l'oreille, percée selon la mode importée à la cour des Médicis, et de là en Toscane, par l'épouse de Cosme, Éléonore de Tolède.

Je ne sais combien de temps je restai à contempler cette figure, hypnotisé par le sourire à peine amorcé et l'arc d'un sourcil haussé comme pour une petite moquerie, toujours est-il que je fus tiré de ma transe par une moniale sans âge qui m'informa que l'heure de la fermeture était venue. Dans l'ombre qui avait progressivement envahi les lieux, le tableau acquérait une luminosité irréelle, qui semblait sourdre de la chair de toile, irradiant la chaleur de la vie même. En m'arrachant à regret à ce spectacle, je me souviens d'avoir murmuré *Quel dommage que plus de quatre cents ans nous séparent, et comme je voudrais que tu sois à mes côtés, belle joueuse de théorbe*, avant de sursauter. Un reflet du soleil couchant, renvoyé brièvement par le vitrail d'un fenestron que la moniale venait de refermer, avait frappé le visage peint, lui conférant, l'espace d'un éclair, un halo flamboyant.

À la sortie du cloître, empreint d'une profonde mélancolie, j'errai sans rien voir, encore aveuglé par cette vision et désorienté par ces heures qui avaient filé sans que je m'en aperçoive. Dans une *trattoria* bondée, j'avalai un plat solitaire de *penne* et un carafon de vin blanc. Ragaillardi, je me dirigeai vers l'église où devait avoir lieu le concert pour lequel j'avais une place. J'eus à peine le temps de m'installer, dérangeant mes voisins, que déjà les résonances chromatiques des instruments s'accordant s'éteignaient, comme soufflées, et que la première partie commençait. La soirée était composée autour de diverses pièces vocales et instrumentales de Carissimi, et je me laissai tout à la fois bercer et soulever par sa façon si particulière de souligner les contenus émotionnels par la répétition des phrases clefs ou le recours aux changements de mode, aux harmonies dissonantes et aux vastes sauts d'intervalles. Brisé par les émotions de ma fin d'après-midi, je fermais parfois les yeux pour mieux m'enfoncer dans cet univers sonore si suggestif, et je dus m'assoupir un instant car je sursautai aux applaudissements. Il n'y avait pas vraiment d'entracte prévu, simplement une courte pause permettant une nouvelle répartition de l'orchestre. Je plongeai dans le programme, que je n'avais pas eu le temps de consulter vraiment, et ne relevai les yeux qu'à la reprise. Ma surprise fut telle que je crus bondir de mon siège et pousser une exclamation. Au premier rang de l'estrade, côté jardin, c'était *elle* ! Une joueuse de théorbe blonde en chemisier blanc. *Ma* joueuse de théorbe…

Je te laisse imaginer mon état d'esprit et ma confusion. Bien sûr, la distance pouvait m'abuser, d'autant que j'étais encore sous le coup des doux prestiges de cette exposition, mais, tout en tenant ce raisonnement, je résolus de faire coûte que coûte la connaissance de cette théorbiste, qui correspondait tout à fait aux jeunes femmes qui retiennent mon attention, et qui avait l'indéniable avantage d'être, elle, ma contemporaine.

Dans une impatience grandissante, je n'attendais plus que la fin du concert pour avoir l'occasion d'aller à sa rencontre, en me mêlant à l'inévitable cohorte des admirateurs qui vont saluer et complimenter les artistes en coulisse.

Elle ne se trouvait pas parmi les musiciens, et je supposai qu'elle s'était attardée sur la scène, j'allai donc vérifier, mais il n'en était rien. Revenant vers le groupe, je m'enquis d'elle auprès de l'un des joueurs de viole; roux, britannique et préraphaélite dans le teint comme dans les façons, il me répondit d'un air désolé qu'il ne savait pas où elle était ni comment la trouver. L'instrumentiste initialement prévu avait été victime en fin de journée d'une crise d'appendicite aussi soudaine que violente, et cette jeune femme leur avait été envoyée pour le remplacer. Elle semblait connaître la partition et une brève répétition avait convaincu l'orchestre qu'elle ferait parfaitement l'affaire; le concert l'avait d'ailleurs très bien démontré. Le secrétariat de l'académie pourrait certainement me renseigner le lendemain.

Songeur et désappointé, je partis dans la nuit tiède. Fuyant les places aux terrasses animées, je déambulais presque au hasard du dédale des venelles pavées de briques de la ville haute, avec l'idée de rejoindre un petit tertre, qui dans mon souvenir était peu fréquenté à cette heure-là. Arrivé en haut, je faillis rebrousser chemin. Alors que j'espérais trouver l'endroit désert, une personne occupait déjà l'emplacement que je convoitais, mais je sentis mon cœur s'emballer. À côté de la silhouette féminine assise sur la balustrade dominant la citadelle, les jambes dans le vide et revêtue d'un corsage immaculé presque phosphorescent sous l'éclat de la pleine lune, se trouvait, posé, un théorbe. Je m'approchai lentement, le gravier sous mes pas me semblant produire un vacarme démesuré, jusqu'au parapet de pierre où je m'accoudai. Je n'eus pas à l'aborder. Tournant vers moi son visage archangélique, elle me dit *Bonsoir, je suis Flavia. Je t'attendais.* À peine désarçonné, je répondis après une hésitation *Eh bien, tu vois, je suis venu…*

Nous conversâmes une éternité tandis que la lune parcourait son orbe. Elle parlait un italien facile à comprendre pour moi, archaïque dans sa construction et la précision de son articulation, et ne parut pas gênée des fautes que je pouvais commettre dans cette langue qui ne m'est pas familière à l'oral. Malgré cette longue conversation, quand elle décida qu'il était l'heure de nous séparer alors que l'aube pointait, je réalisai que je ne savais toujours presque rien d'elle. Elle avait éludé mes demandes, qui pouvaient ne pas en être dans leur formulation elliptique, alors que j'avais répondu assez précisément à ses propres questions. Là encore, je n'eus pas à prendre l'initiative, tandis que je cherchais les mots pour exprimer mon souhait, elle déclara, saisissant son instrument et s'éloignant déjà, *Au revoir, bonne fin de nuit, nous nous reverrons*. Rasséréné, je la vis disparaître au détour d'un escalier menant à la ville basse.

De retour à ma pension, je m'endormis d'un sommeil serein dont j'émergeai, le sourire aux lèvres, alors que la matinée s'achevait.

Nous nous reverrons... avait-elle dit. Mais je ne connaissais ni le lieu ni l'heure. Il était trop tard pour aller assister aux *classes* matinales, aussi je décidai de retourner à l'exposition pour contempler de nouveau ce portrait, mais un panneau annonçait laconiquement qu'elle était exceptionnellement fermée pour la journée.

Auprès du secrétariat de l'académie, une femme acariâtre et obtuse prétendit ne rien savoir du changement impromptu d'interprètes de la veille, prétextant qu'elle ne s'occupait pas de cela et qu'on ne l'avait pas mise au courant. Elle refusa de se livrer à la moindre recherche et finit par me demander de bien vouloir la laisser à ses occupations, car elle avait du travail.

L'après-midi passa dans une impatience grandissante. J'avais acheté deux places pour une version oratorio d'*Ercole sul Termodonte*, un opéra récemment exhumé du prêtre roux, dans l'espoir que, si je rencontrais Flavia avant, elle voudrait bien m'y accompagner, mais je cédai la seconde quelques minutes avant le spectacle à une Américaine exaltée qui me baisa les deux mains. Je quittai la salle avant la fin des applaudissements pour grimper rapidement jusqu'au sommet de la ville. Si j'avais rendez-vous avec elle, ce ne pouvait être que là.

Effectivement, je l'y retrouvai.

Il en fut ainsi les cinq jours suivants. Malgré mes demandes répétées, il fut impossible de l'amener à nous rencontrer dans la journée et ailleurs. Cela m'était un peu égal. Ces nuits me comblaient par l'exquis accord de nos âmes. Je brûlais de l'enlacer, mais une gêne confuse m'en empêchait, comme si un contact physique n'aurait eu pour effet que de rompre un enchantement fragile.

Je ne revis pas le tableau. Lorsque je me présentai au cloître pour la troisième fois, une pancarte indiquait que l'exposition était définitivement interrompue. À force de sonner, on vint m'ouvrir. C'était la moniale qui, devant mon insistance mais avec la plus grande des réticences, m'expliqua qu'il y avait eu des "dommages" – c'est la traduction littérale, mais je n'en trouve pas d'autre, du mot *danni*. Entre deux explications que je lui arrachai à grand-peine, elle marmonnait des *ave maria* en triturant nerveusement son chapelet en noyaux d'olive. Lorsque je lui demandai si le Bronzino avait été touché, elle roula des yeux effarés en se signant rapidement par trois fois et me claqua violemment la porte au nez.

Le septième soir, qui devait être le dernier puisque je repartais le lendemain, j'avais résolu qu'il me fallait absolument obtenir de Flavia les informations qui nous permettraient de nous retrouver plus tard, ou tout du moins de rester en contact. J'emportai mon appareil photo, chargé d'une pellicule neuve, pour réaliser quelques clichés d'elle, dans la lumière de l'aube où d'habitude elle me quittait. Elle accepta de prendre ma carte, avec mes coordonnées personnelles, mais refusa de me laisser la moindre information la concernant. *C'est moi qui viendrai vers toi*, me dit-elle lorsque je feignis de m'en offusquer. Quand l'aurore arriva, j'avais le cœur serré, et je lui demandai timidement si je pouvais la photographier. Elle eut un sourire indéfinissable et répondit *Si tu y tiens…* J'avais choisi un film à très haute sensibilité, mais je craignais que la luminosité ne soit encore insuffisante pour un bon résultat, aussi je faisais un peu traîner les choses entre deux séries de poses, espérant le lever du soleil. Au fur et à mesure que le temps passait, Flavia devenait étrangement tendue, l'inquiétude s'inscrivant sur ses traits harmonieux.

Elle me demanda plusieurs fois si j'en avais bientôt fini. Il ne me restait plus que quelques vues sur la pellicule et je lui demandai de bien vouloir s'asseoir sur un banc de pierre placé devant un mur d'où s'enfonçait un escalier étroit. J'avais jusqu'alors surtout photographié son visage, et je voulais un portrait en pied ou en plan américain, avec son instrument. Je pris le dernier cliché au moment où, surgissant de l'horizon comme une flèche d'or, les premiers pinceaux de l'astre du jour illuminèrent le pan de mur. Il y eut dans mon viseur comme un bref flamboiement, et, de façon réflexe, j'appuyai une nouvelle fois sur le déclencheur. Lorsque je reposai l'appareil contre ma poitrine, Flavia avait disparu, sans doute, ai-je pensé, par l'escalier.

Je ne devais jamais la revoir, ni en avoir la moindre nouvelle.

Mon hôte se tut. Évoquer ces souvenirs semblait l'avoir emporté très loin, dans le temps comme dans l'espace. Je toussotai.

— Où sont les autres photos ?

Revenant de son voyage intérieur, il posa sur moi un regard douloureux.

— Il n'y a pas d'autres photos. Au développement, toute la pellicule – les trente-six poses – était gris foncé, définitivement voilée.

— Sauf une, donc...

— Oui, tu as remarqué, sans doute, que ce tirage est un peu étroit en hauteur. Ce n'est pas voulu. Tu sais certainement que, lorsqu'on met en place un film dans un appareil reflex, il y a une zone d'amorce. Il arrive, si celle-ci s'enclenche du premier coup, qu'il puisse rester un peu de pellicule après la dernière vue, avec la possibilité de faire un cliché supplémentaire, souvent tronqué à gauche. Seule cette photo excédentaire a été correctement impressionnée.

— Une chance qui rattrape une malchance alors...

— La chance, ou autre chose... Tu sais, j'ai eu l'occasion de songer tellement de fois à cette histoire que je pense qu'il y a là, en jeu, des forces qui me dépassent ; qui nous dépassent.

— Tu exagères un peu, non ? Tu as rencontré une belle fille qui te plaisait, tu ne l'as jamais revue malgré l'envie que tu en avais. C'est, malheureusement, assez banal.

— Banal, crois-tu ? Dans le train de nuit qui me ramenait à Milan où je devais prendre une correspondance, pour tromper l'ennui et la morosité, je parcourus un journal du soir local abandonné par un voyageur. Une brève de dix lignes y mentionnait un inexplicable incendie, le matin même, dans une exposition, justement dans la ville que je venais de quitter. Selon le journaliste, on n'y déplorait, heureusement, que la destruction d'un portrait de l'atelier de Bronzino. La toile s'était entièrement consumée, laissant le cadre intact. Les circonstances exactes restaient opaques, mais on supposait une réaction chimique dont la cause demeurait inconnue.

— Je dois avouer que cela fait beaucoup de phénomènes inexpliqués.

Je réprimai un bâillement.

— Je suis vraiment désolé, c'est le sommeil, et non pas l'ennui ou le désintérêt. Me ferais-tu un double de cette photo ? En souvenir de cette soirée…

— Impossible. La pellicule a été égarée par le laboratoire à qui je l'avais confiée pour obtenir, justement, d'autres tirages. Cela m'a rendu furieux, mais sans m'étonner. Il est écrit, je suppose, qu'il ne doit me rester de Flavia que cette unique photo. Toutes les tentatives pour obtenir d'autres exemplaires en s'en servant de contretype ont échoué. L'ombre n'apparaît pas.

— Et en utilisant la digitalisation ? On obtient aujourd'hui des résultats étonnants…

— Ne m'en parle pas ! Cela m'a valu de presque me brouiller avec une connaissance de longue date. C'est un infographiste, fondu de nouvelles technologies, et je lui avais apporté la photo, espérant un miracle numérique là où le bon vieil argentique montrait ses limites.

— Et alors ?

— J'ai assisté à toute l'opération. Les premiers essais ne donnèrent rien, mais il s'obstina, alors que je le priais d'abandonner. Je me sentais mal à l'aise, et il régnait dans la pièce où l'on opérait un froid glacial que je n'avais pas remarqué en y entrant. Enfin, poussant les réglages au maximum, et dans une résolution d'une finesse extrême, nous vîmes apparaître à l'écran, ligne après ligne, dans une lenteur incroyable – due selon mon ami au poids du fichier résultant de l'acquisition digitale –, une image, où effectivement, l'ombre était discernable. Les pixels s'affichaient de plus en plus lentement. Au bout des deux tiers, le spécialiste déclara *C'est trop long, tant pis… On a vu que c'était bon, je sauvegarde*, et il appuya sur une touche. Il y eut un claquement sec, un éclair et un petit nuage de fumée. Toute l'installation électrique de la pièce, pourtant branchée sur onduleur, venait de sauter.

— Bigre, ça devient carrément du Stephen King ! Et il s'est fâché pour cela ?

— Non, il s'est fâché parce que, après le passage de l'expert de l'assurance – et je peux te dire qu'il y en a eu pour une somme rondelette –, il s'est avéré que la surtension, d'origine inconnue, elle aussi, avait été si forte que tous les microprocesseurs, toutes les cartes mères et tous les disques durs des matériels alors branchés étaient irrécupérables, irrémédiablement grillés. Il avait perdu des mois de travail et toutes ses archives personnelles.

— J'avoue que toutes ces coïncidences sont curieuses.

Sur cette concession, nous nous souhaitâmes une bonne nuit. La mienne fut paisible, et je ne rêvai pas d'Italie, ou, du moins, pas que je m'en souvienne. »

Se non è vero, è ben trovato, commenta avec malice une des invitées qui nous avait raconté comment sa mère était venue lui dire au revoir en rêve la veille de son trépas.

On me demanda ce que je pensais de cette histoire aujourd'hui. Je répondis que, bientôt, une telle photo ne pourrait plus exister.

Je dus, bien entendu, m'expliquer.

Avec l'avènement des appareils numériques disparaît une composante essentielle de l'acte photographique. Une composante physique. Dans les appareils modernes, la lumière renvoyée par l'objet photographié est immédiatement traduite en signal binaire tandis que, sur une pellicule, c'est la trace même du photon qui a frappé le sujet qui s'inscrit sur le film, puis est transférée sur le papier, et que nous percevons de la même manière, sous forme d'un photon. Ainsi que nous contemplons aujourd'hui l'éclat d'étoiles mortes depuis longtemps, nous sommes en relation directe, sans traduction, sur une photographie argentique, avec la lumière qui a touché la personne. La photographie ne conservera bientôt de son étymologie – écrit avec la lumière – que le souvenir de celle-ci…

On me complimenta pour cette brillante théorie.

Je soupirai qu'hélas, n'ayant pas son talent, elle n'était pas de moi, mais de Roland Barthes, et qu'il l'avait exposée dans son ouvrage si émouvant, *La Chambre claire*.

Sur cet aveu et des embrassades, chacun s'équipa – gants, bonnets, cache-nez – pour affronter le brouillard.

En descendant les degrés légèrement usés en leur centre du large escalier de pierre si typique des immeubles bourgeois de cette ville, on proposa de me déposer en automobile à mon domicile, mais je déclinai cette offre, arguant que je comptais sur quelques minutes de marche pour dissiper les vapeurs de cette soirée, et ma grande amie C. K. déclara qu'elle me ferait alors un bout de conduite. Chacun connaissait les liens d'affection qui nous unissent depuis si longtemps et, respectant ce désir d'intimité qui n'avait même pas été formulé, on nous laissa nous éloigner dans la pâle lueur des réverbères.

Un crêpe nébuleux voilait les contours de l'immense place des Angoisses, vide à cette heure avancée. Tandis que nous la traversions en diagonale, ses limites se dissolvaient en une imprécise muraille ouatée, si bien que parvenus en son centre, il nous parut que nous nous trouvions non pas en plein cœur d'une grande cité, mais dans une sorte de désert, loin de toute présence. La nuit était humide, cependant bien moins froide qu'on aurait pu le craindre, et c'est assez naturellement, sans nous être concertés, que nous nous assîmes sur la partie basse du socle de la statue équestre, œuvre de Coustou, ornant ce lieu écarté et dépeuplé par la brume, pour jouir un moment de cette étrange solitude privée de repères.

C. m'entreprit sur un argument théorique, me disant que, certes, ses souvenirs de *La Chambre claire* étaient peut-être un peu flous, mais qu'elle ne se rappelait pas que son auteur ait théorisé si explicitement la nature indicielle de la photographie. Je dus lui rendre raison, Barthes n'ayant conceptualisé dans cet ouvrage que sa dimension transhistorique, écrivant, presque douloureusement, « dans la photographie, je ne puis jamais nier que la chose a été là », trente ans après avoir déclaré plus sobrement « certes l'image n'est pas le réel ; mais elle en est du moins l'*analogon* parfait ». De fait, je lui précisai que cette idée de la photographie comme empreinte, c'est-à-dire reliée à son objet par une connexion physique, a été formulée par la critique d'art Rosalind Krauss en 1977. En posant que toute photographie est le résultat d'une trace transférée sur une surface sensible par les réflexions de la lumière, Krauss concluait qu'il s'agit d'une représentation visuelle qui a avec son objet, au-delà de la dimension iconique, une relation indicielle. L'image photographique nous toucherait particulièrement non pas parce qu'elle possède une ressemblance avec son objet, mais parce que nous pensons, même confusément, qu'elle renferme un vestige de celui-ci.

C. restait songeuse…

— C'est un peu étonnant, alors, que Barthes ne reprenne pas explicitement cette théorie s'il a eu connaissance de l'article de cette Krauss, puisque *La Chambre claire* paraît en 1980.

— Tu as parfaitement raison ! Cela serait improbable si cet article était resté dans son champ de naissance, la critique d'art américaine, mais il est traduit et publié, dans une version remaniée, en 1979 dans le dernier numéro de la revue *Macula*, que Barthes lisait probablement, même si elle a été créée par des historiens d'art.

— Hum… Toutefois, Barthes a toujours été plus saussurien que peircien. Je vérifierai dans la bibliographie du livre.

— C'est inutile, tu peux m'en croire, ni Krauss, ni même *Macula*, ne sont cités…

— Mais c'est que tu m'as l'air parfaitement renseigné !

— Disons que ce point m'intriguait. À partir du début des années 1980, la notion d'index va contaminer le champ des études sur la photographie, mais il me semble que même si Barthes a eu connaissance de cette approche avant son livre, elle ne l'a pas vraiment intéressé, et qu'il faisait beaucoup plus porter la garantie référentielle de l'image photographique sur son protocole d'enregistrement.

— Et pourtant, ce soir, tu lui as prêté une autre posture…

— Franchement, tu nous vois avoir cette conversation byzantine devant nos amis ? J'ai préféré m'en tenir à un raccourci commode.

— Et élégant ! Mais il me semble que ton histoire n'est pas terminée.

— Comment cela ?

— Certes, tu lui as trouvée ce soir, pour nous la raconter, une gracieuse conclusion théorique, mais je ne crois pas que tu l'aies improvisée sur le moment.

— Et qu'est-ce qui te fait dire cela ?

— Sa précision, justement, qui me donne le sentiment que tu as eu l'occasion d'y penser plusieurs fois, et que peut-être d'autres éléments t'ont permis d'en arriver à cet épilogue. Et de fait, je me suis sentie frustrée d'un véritable dénouement…

Je ne répondis pas immédiatement. Je n'étais pas véritablement étonné que C. m'ait percé si facilement à jour, mais je balançais à entreprendre la relation des épisodes formant effectivement les prolongations de ce récit. J'avais déjà eu, des années auparavant, une discussion fort semblable à celle-ci, si ce n'est dans la forme, du moins dans une partie des arguments échangés, et j'en étais sorti plus troublé que convaincu. Le récit que j'avais fait plus tôt dans la soirée continuait d'agir sur le flux de mes pensées. J'avais voulu saisir un segment pour l'isoler, mais il m'apparaissait clairement désormais que j'avais bien plutôt attrapé l'extrémité d'un fil et que toute la pelote venait avec. Il ne serait pas simple de ne conserver que le morceau que j'avais cru en extraire, et même démêler l'écheveau serait toute une histoire. Les faits et les évènements ne se montraient pas chacun bien rangé et bien étiqueté comme les spécimens dans la mallette d'un représentant en parfums et cosmétiques, attendant d'être sélectionnés individuellement ou en petit assortiment pour être exhibés à une clientèle ravie et déjà charmée qu'on lui présente, sous un jour favorable, des échantillons que leur petitesse rend d'autant plus exquis et désirables. J'avais bien plutôt ouvert le bagage secondaire d'un voyageur trop pressé, fait à la hâte et oublié dans une consigne, contenant des effets hétéroclites dont on ne sait que faire parce qu'on a oublié en avoir eu un jour l'usage. Ce voyageur c'était moi, et par cette nuit d'hiver dont l'ambiance me rappelait une autre nuit, j'étais tout aussi troublé, mais bien plus convaincu.

— Il faut que tu comprennes que la suite, si c'en est une, n'a pas l'apparente cohérence des prémices ; il s'agit plutôt d'une succession d'éléments que relient seulement des suppositions audacieuses, voire discutables.

— Les données m'intéressent autant que les hypothèses qu'elles ouvrent...

Ajoutant dans un sourire malicieux, *et sans prémisses, pas de conclusion !*

Je souris à mon tour.

— Soit. Ne restons pas là, nous allons attraper mal. Mais je te préviens, ne t'attends pas à un aboutissement.

Nous nous remîmes en route, et je pris le temps de rajuster mon écharpe et d'allumer une cigarette.

« Il était prévu que je quitte la ville de W. le lendemain de cette soirée au coin du feu, mais les édiles avec qui j'avais rendez-vous me firent savoir tôt dans la matinée qu'ils souhaitaient renvoyer notre rencontre au jour suivant ; j'acceptai de bonne grâce, après les avoir informés des conséquences financières de ce report. D., qui avait entendu ma conversation téléphonique, me proposa, avant même que je lui en fasse la demande, l'hospitalité pour une nuit supplémentaire. Cette journée vacante ne me dérangeait pas, mon travail, comme tu le sais, étant essentiellement solitaire. J'occupai ce temps libre par la rédaction de quelques rapports en souffrance ainsi que par une longue balade dans le centre-ville.

J'invitai mon hôte à dîner dans une petite auberge excentrée, chaleureuse et familiale, où le coq au vin jaune et aux morilles nous réchauffa des rigueurs hivernales que nous avions affrontées pour y parvenir. Durant l'entrée – des poireaux vinaigrette servis tièdes accompagnés de quelques salaisons locales – je revins sur notre entretien de la veille.

— Je suis passé à la bibliothèque, où j'ai eu le plaisir de rencontrer le conservateur, notre ami J.-F. J., qui ne m'a pas tenu rigueur de ne pas l'avoir averti de mon passage et m'a retenu à déjeuner en compagnie de sa charmante épouse, A. Tu la connais ?

— Non pas vraiment, je l'ai seulement saluée lors d'un concert.

— Pourtant, dans une petite ville comme celle-ci, tu devrais avoir l'occasion de les voir souvent.

— Tu sais, je mène une vie assez retirée, et puis je suis assez souvent en voyage.

— Toujours l'Italie ?

— L'Italie, l'Autriche, le Royaume-Uni, la Bavière… Partout où mes recherches me mènent. Tu es allé à la bibliothèque juste pour voir J.-F. ?

— Pas uniquement. J'avais quelques petites informations à… Disons que je voulais m'assurer de quelques dates. Ton récit d'hier m'a intrigué.

— Comment cela ?

— Bronzino meurt en 1572. Je me demande si c'est compatible avec un portrait comportant un théorbe, d'après le peu que j'ai réussi à dénicher sur l'historique de cet instrument.

— Si ce n'était pour le plaisir de déjeuner avec la *charmante* A., tu aurais pu te dispenser de cette visite, et trouver tout ce qu'il te fallait dans ma bibliothèque personnelle.

— Oui, c'est vrai, je suis idiot… Mais je n'y avais pas songé avant de sortir, et c'est sur un coup de tête, en passant devant, alors que je repensais à ce que tu m'avais raconté, que je me suis décidé à y entrer. Mais je suis certain que tu vas combler mes lacunes…

— Les dates de Bronzino rendent improbable l'existence de *La Joueuse de théorbe*; improbable, mais pas impossible. D'une part, on connaît de ce peintre un *Portrait d'un jeune homme au luth*, daté de 1530 ou 1532 si mes souvenirs sont bons, et conservé aux Offices, et d'autre part, Robert Spencer, bien qu'il la retienne comme douteuse, cite la mention de l'instrument dès 1544.

— Si tôt ? C'est pour moi plutôt un instrument du XVIIe siècle.

— De fait, Spencer précise que jusque dans la première moitié du XVIIe, il est très malaisé de faire la différence entre les réalités que recouvraient les termes de *chitarrone*, *tiorba* et *arciluto*.

— Oui, probablement dans le domaine de l'écrit… "Nous donnons bien souvent divers noms aux choses", dit Isabelle dans *L'Illusion comique*, mais là, nous avons affaire à une représentation.

— Bien que j'aie porté plus d'attention à l'instrumentiste qu'à l'instrument, je suis certain qu'il s'agissait bien d'un théorbe, et non d'un luth ou assimilé.

— Pour qu'un objet puisse figurer dans un portrait, il faut qu'il soit d'un usage commun, ou tout du moins répandu.

— Ou au contraire, qu'il soit remarquable parce qu'inusité. Il faut penser au contexte, nous sommes à Florence, dans un moment particulier. Là encore, Spencer nous fournit une analyse qui corrobore la possibilité de ce tableau ; je cite de mémoire : *"Certainly there seems to be no musical need for a tiorba until at least the mid-1570s, when the* Camerata – il parle de la *Camerata Fiorentina* – *were experimenting with their* nuove musiche".

— Il faut avoir lu bien souvent un tel passage pour le citer ainsi de mémoire et sans hésitation…

D. soupira…

— Plus souvent que de raison… Mais il existe des éléments encore plus précis. La date de la fondation de la *Camerata Bardi* est, pour certains spécialistes, 1573. Elle ne s'est pas créée en quelques jours, ses membres se connaissaient et se fréquentaient au préalable.

Je pris quelques minutes pour admirer la robe ambrée, chatoyante de vieil or, du Château Chalon que l'on venait de nous servir, et apprécier ses arômes torréfiés de noix, de cire et de cannelle vanillée.

— Si je comprends, tout se joue à quelques années, voire à quelques mois près…

— Oui. Mais je suis aujourd'hui certain que cette toile a vraiment existé.

— Tu as donc fait des recherches ?

— Et comment !

— Je suis tout ouïe…

— Durant plus de quatre cent cinquante ans, on ne trouve – enfin, je n'ai pu trouver – aucune trace de ce tableau. Pour moi, la première mention apparaît dans la vente de la collection Hermann Raffke, en mai 1924.

Je l'interrompis un peu vivement.

— Allons, allons ! Tu plaisantes ? N'est-il pas avéré et certain aujourd'hui que les trois quarts des œuvres présentées dans cette vente – c'est-à-dire toutes les toiles européennes ou peu s'en faut – étaient des contrefaçons habiles, presque toutes dues, d'ailleurs, à ce faussaire génial dont le nom m'échappe.

— Heinrich Kürz, oui. Sans lui, cette monumentale escroquerie n'aurait pas pu avoir lieu.

— Tu vois bien !

— Effectivement ; mais tu as dit toi-même « presque toutes » ! Or on sait que parmi les faux réalisés sur de vieilles toiles et des panneaux anciens se trouvaient aussi quelques copies d'atelier judicieusement retouchées et autres œuvres mineures adroitement maquillées. Dans ce cas précis, le faux cachait un vrai, car la falsification reposait premièrement sur une attribution à Andrea del Sarto, dont Bronzino reçut l'enseignement à travers l'atelier de Pontormo. On réagirait peut-être différemment aujourd'hui, mais à l'époque, cela suffisait à décupler au minimum la valeur du tableau. En second lieu, la composition avait été recadrée en manière de *tondo* à l'aide d'un châssis imposant et richement mouluré, masquant ainsi l'instrument qui aurait révélé la supercherie. Ainsi présenté, le portrait figurait au catalogue sous le titre de *La jeune fille à l'*émeraude.

La toile est acquise par le Musée des beaux-arts de Caen, mais ne sera exposée que quelques mois. Lorsque le scandale de la vente éclate, elle est discrètement remisée dans les réserves, d'où elle est certainement évacuée, comme toutes les collections du bâtiment, vers le château du Baillou ou vers celui de Grand-Lucé durant l'été 1942. C'est là que l'on perd définitivement sa trace. De prime abord, il est très peu probable qu'elle ait été razziée par les Allemands en 1943 – officiellement du moins – puisque tu le sais, les collections nationales n'ont pas été pillées. En tout cas, on n'en trouve pas mention dans les registres du *Kunstschutz* ou les inventaires, pourtant très complets, de l'*Einsatzstab Reichsleiters Rosenberg.*

— Mais qu'est-elle devenue, alors ?

— Elle pourrait avoir été, en catimini, éliminée des collections au moment où elles sont réintégrées, effaçant ainsi le désordre de son acquisition.

— Elle pourrait, dis-tu… Et ensuite ?

— Plus aucune trace…

— Vraiment ? Et aucune idée sur la question ?

D. prit le temps de se servir un morceau du comté de vingt mois qu'on nous avait apporté et d'en savourer lentement une première bouchée avec un peu de pain de seigle. Je le sentais hésitant, presque réticent, comme s'il craignait d'aborder un sujet tendancieux, fuyant tout d'abord mon regard avant de l'affronter franchement, tentant dévaluer s'il pouvait s'ouvrir à moi sans encourir ma désapprobation, ou pis, ma raillerie.

Je ne le poussais pas. Me sentant jaugé, j'affectais une légère indifférence, bien qu'étant de plus en plus curieux face aux développements inattendus de cette histoire. Je me coupai moi aussi une tranche de ce fromage délicieux que je débitai en lanières pour les disposer ensuite avec soin sur de fines mouillettes au sarrasin trempées au préalable – le plus élégamment que je pus – dans ce qui restait de vin jaune au fond de mon verre. Un tel délice vaut bien une petite entorse aux règles de la bienséance.

— Disons que j'ai bien déniché deux ou trois petites choses, mais ce sont des indices si ténus, si fragiles… Et surtout sur des bases si controversées.

— Bah… Sans conjectures, même hardies, on ne saurait relier des faits en apparence sans correspondance.

— Eh bien soit ! Mon hypothèse est que la toile a, de fait, bien été emportée en Allemagne…

Je ne répondis pas.

— … Et plus précisément, au château de Wewelsburg…

Je haussais un sourcil, tâchant de rassembler ce que ce nom évoquait pour moi.

— Tu veux dire cet endroit où le *Reichsführer* avait implanté son sanctuaire ésotérique, en Westphalie ?

— Précisément.

— Mais enfin, qu'est-ce qu'un tableau de la Renaissance pouvait avoir à faire avec des pseudo recherches occultes sur la Lance de Longinus et autres fariboles ?

— Je ne sais pas exactement. Le lieu, qui était principalement consacré à l'initiation des membres de l'Ordre noir, renfermait des collections d'objets touchant au spiritisme, à la sorcellerie, à la magie noire, collectés un peu partout en Europe, sans compter une bibliothèque de plus de douze mille volumes. Les catalogues et les inventaires ont disparu lorsque Himmler donna l'ordre de faire dynamiter le *Burg* le 31 mars 1945, mais j'ai pu consulter dans les archives de Nuremberg une courte liste de tableaux qui mentionne *Das Porträt einer jungen Musikerin*.

— Le portrait d'une jeune musicienne...

— Exactement. Mais pas d'autres indications d'origine, hormis qu'il s'agit d'une œuvre italienne.

— Ça ne colle pas. Tu as dit toi-même que le cadre empêchait de voir l'instrument.

— Le cadre, justement...

Il se tut tandis qu'on apportait le dessert, un blanc-manger nappé d'un confit de griottes. Décidément, ce lieu, À la table d'*Aristippe*, n'avait pas volé son nom.

D. sortit de la poche intérieure de sa veste en tweed un carnet renflé à la couverture de cuir noir, fatiguée et patinée. Il dénoua le ruban en croix qui assurait la bonne fermeture du calepin bombé. J'observais avec curiosité la façon dont il le feuilletait, tournant avec ménagement les pages dont certaines étaient prolongées sur le côté ou sur le bas par des feuilles qui y étaient collées ; tout un système de paperoles se déployait tandis qu'il en ouvrait certaines précautionneusement pour les consulter avant de les replier en accordéon ou en quinconce avec tout autant d'égard. J'apercevais des notes à l'encre noire ou bleue, parfois rouge, dans une écriture serrée – rédigées aussi bien horizontalement que verticalement, entourant parfois, à la manière des gloses médiévales, des photocopies de passages de texte imprimé –, je voyais aussi des dessins, des schémas, voire un plan d'une finesse remarquable s'étendant sur une feuille de papier bible au format demi raisin qu'il n'ouvrit, les sourcils froncés, que pour en rectifier les pliures. Il finit par s'arrêter sur une double page, augmentée sur toutes ses marges d'une bande de plusieurs centimètres, qu'écartant d'un revers de la main ce qui se trouvait sur la table entre lui et moi pour placer le carnet à plat, il me présenta en tournant son sens de lecture dans ma direction. À la façon dont il la maintenait ouverte avec ses deux mains, je compris qu'il n'était pas question que le calepin passe entre les miennes, ni même qu'elles se posent dessus. Cette double page comportait différents croquis de tailles variées dont je finis par comprendre que tous étaient les détails à plus grande échelle du motif qui se trouvait au centre. Ce dernier représentait un large anneau couvert d'un enchevêtrement de figures géométriques à base de polygones réguliers, d'anneaux borroméens et d'étoiles formant un genre d'*alicatados*, en ce sens qu'aucun élément de l'ensemble ne prévalait sur ses voisins.

Fixé trop longtemps en un point précis, le motif semblait onduler en volutes cosmatesques, comme doté d'une force hypnotique, et le regard se trouvait contraint de se déplacer pour se soustraire à cette déplaisante sensation de vertige. M'arrachant à la fascination de ces arabesques indécises, j'examinai les détails qui en avaient été tirés, pour isoler, à ce que je crus en deviner, la répétition insistante d'un pentagramme, mais qui paraissait, au premier coup d'œil, noyé dans les autres entrelacs. Sur certains croquis, tracé à l'encre rouge, il se trouvait en revanche mis en relief volontairement, alternant parfois avec un heptagramme.

— Il s'agit d'une copie à la main, mais je possède à la maison un fac-similé de l'original.

— D'où est-ce que ça vient et qu'est-ce que c'est censé être ?

— La liste de tableaux dont je t'ai parlé était incomplète, ayant réchappé à un incendie, mais on distinguait un morceau du Soleil noir, probablement appliqué avec un tampon encreur.

— Pardon ?

— Oui, le Soleil noir, une roue solaire formée par la superposition de trois svastikas allongés. Elle figure sur le sol en marbre de l'ancienne *Obergruppenführersaal* – la salle des généraux – de la tour nord du Wewelsburg.

Il replia avec dextérité les rabats de la page qui sembla se refermer d'elle-même d'une manière m'évoquant furtivement ce pliage enfantin appelé la salière.

— Le même symbole, fait avec le même tampon, figure sur ce dessin que j'ai découvert par un pur hasard en fouinant dans un grand portefeuille au fond d'une librairie spécialisée en ésotérisme.

Tout en parlant, il feuilletait son calepin rapidement et, sans le lâcher, me montra la fameuse figure.

— Tu t'intéresses à l'ésotérisme, toi ?

— Oui. Enfin, c'était quand je préparais cet article sur les opéras maçonniques. Mais tu le sais bien, je m'intéresse à un tas de choses, en fin de compte. Comme toi, d'ailleurs. Enfin peu importe. Je crois en fait que ces deux documents ont la même origine, les archives de l'*Ahnenerbe*, et qu'ils ont échappé à leur destruction. Les détails agrandis sont de moi, et sur l'original ne figure que l'anneau, dont la frise sans fin est tracée avec une précision extraordinaire. Je te le montrerai si tu veux.

D. était lancé, désormais, et ses propos s'enchaînaient, devançant mes questions, avec un peu de fébrilité. Face à un auditeur dont il faisait sans doute le premier confident des hypothèses issues de ses investigations, il se débondait, de peur peut-être que mes objections ou mes questions ne ralentissent le déversement du flot d'un discours impétueux d'avoir été contenu trop longtemps.

— Ce dessin n'est pas une création ; il s'agit selon moi d'un relevé. Le relevé du cadre d'un tableau, celui représentant la *jungen Musikerin* ; j'ai vérifié les proportions, elles sont compatibles, la largeur de ce cadre est telle qu'il peut avoir sans problème dissimulé le format rectangulaire original pour créer le *tondo* de *La jeune Fille à l'émeraude* de la vente Raffke. Selon moi, cependant, ce cadre n'a pas été créé, ni même ajouté, à cette occasion-là, mais bien avant. J'ignore pourquoi et comment ce tableau s'est retrouvé mêlé à cette escroquerie, mais je pense que c'est seulement par hasard. Sans doute a-t-on vu là un bon moyen d'écouler de façon avantageuse une toile achetée à vil prix auprès de son ancien propriétaire qui cherchait, pour une raison inconnue, à s'en défaire rapidement. Peut-être, comme toi tout à l'heure, se sentait-il mal à l'aise devant les motifs de ce cadre…

D'étonnement, je fermai à demi un œil.

— Allons, allons ! Je t'ai bien observé. Je voulais vérifier si cela agissait aussi sur toi. Tu n'es pas le premier à qui je montre ce motif et qui éprouve, à l'examiner trop attentivement, un malaise diffus. Et tu n'as vu que la copie d'un relevé ! Imagine-toi confronté à l'original ? Eh bien figure-toi que ces entrelacements qui semblent par moment défier la géométrie euclidienne au point de donner la nausée forment ce qu'on appelle un pentacle – je t'épargne les sources qu'il m'a fallu consulter pour en arriver à cette déduction –, et plus précisément un pentacle de protection. Ce cadre n'a pas été conçu pour maquiller un tableau en un autre, mais pour empêcher que quelque chose ne s'en échappe. Il s'agit en quelque sorte d'un sceau destiné à verrouiller le point de passage entre deux mondes, entre deux dimensions qui ne sont pas censées exister sur le même plan ni même communiquer entre elles d'une façon ou d'une autre. Quelque chose, une puissance mystérieuse, a été enfermée dans ce tableau et quelqu'un, par crainte qu'elle ne s'en évade, a scellé sa prison à l'aide de puissants symboles.

Bien qu'il s'exprimât à voix basse, ses intonations étaient véhémentes, presque exaltées, et ses yeux, sans vouloir jamais croiser les miens, lançaient des éclats fiévreux.

— Mais je suis persuadé que ce tableau n'est pas une œuvre de malfaisance, une création maléfique, mais bien au contraire un acte d'amour… Et celui qui a placé ce cadre sur cette toile soit s'est mépris sur les intentions initiales de son auteur, soit a agi lui-même par malveillance.

D., les yeux baissés sur son calepin serré entre ses mains jointes, le regardait, me parut-il, sans vraiment le voir, contemplant un point situé au sein d'une vision dont j'étais exclu, et il semblait désormais, d'une voix lasse, anxieuse et désespérée, moins s'adresser à moi qu'à lui-même.

— ... Il me reste tant découvrir, tant à comprendre... Qui a commandité ce portrait, et qui représente-t-il ? Où était-il durant les siècles qui séparent son exécution de la vente Raffke ? Que s'est-il passé entre la destruction de Wewelsburg et l'exposition à U. ? Pourquoi l'exposition a-t-elle été brusquement interrompue ? Et surtout, quel lien existe-t-il entre tout cela et Flavia ? Et où est-elle aujourd'hui ? Pourquoi ne...

Au fur et à mesure de cette énumération, l'intensité de sa voix avait baissé, et je ne percevais plus qu'une litanie indistincte, aux accents pathétiques. J'abandonnai mon commensal à ses réflexions, le temps de passer aux lavabos et surtout à la caisse pour régler discrètement ces agapes. Je ne me sentais pas complètement à mon aise. Le spectacle de la déchéance d'autrui agit habituellement sur moi comme un répulsif, et je me sens toujours fort démuni dans les circonstances où j'en suis le témoin. Une paralysie de la fibre empathique m'empêche de prononcer les mots compatissants qui sont d'usage ou les paroles réconfortantes qui s'imposent lorsqu'un de nos semblables se trouve affligé, que ce soit par des circonstances extérieures ou qu'il ne puisse s'en prendre, en toute objectivité, qu'à lui-même. Cette ankylose a bien pour effet de restreindre un peu le cercle de ma vie sociale, mais ceux qui appartiennent à celui-ci s'en accommodent, et d'autant plus qu'ils savent que je n'attends aucunement les consolations que je suis incapable de prodiguer. Un peu de tenue, que diantre.

À mon retour, je vis avec soulagement que D. avait, durant mon absence, repris sur lui-même l'emprise qui me rendait son commerce si agréable, et constatai avec plaisir qu'on nous avait servi d'autorité, dans de petits verres à pied délicatement facettés, de la chartreuse verte. Ce cordial chaleureux – béni soit le duc d'Estrées – acheva de lui rendre ses esprits, et, comme pour se faire pardonner son moment de faiblesse, mon compagnon me divertit en me narrant avec brio quelques anecdotes fort piquantes sur des cantatrices en vue. Depuis cette soirée, je ne puis ouïr l'air de la Reine de la nuit sans pouffer, intérieurement s'entend. Je retrouvais le D. que je connaissais, son beau visage large aux traits agréables, ses yeux pleins de vivacité ou de malice et ce léger sourire qui ne quittait plus ses lèvres dès qu'il se mettait à plaisanter.

Le ciel s'était dégagé. L'air nocturne, d'un tranchant de rasoir, nous revigora et nous partîmes d'un bon pas. Je savais mon compagnon plus amateur de cigares, mais il accepta une de mes Craven sans filtre. Je ne fume que fort peu – deux ou trois cigarettes quotidiennes – malgré la petite satisfaction de m'adonner à ce vice alors qu'il est de plus en plus socialement réprouvé, aussi j'apprécie, tout en le redoutant un peu, le léger vertige que me procurent désormais les premières bouffées de ce viril tabac virginien. Nous cheminions en silence à travers un vallon dont les arbres aux branches nues couvertes de givre irradiaient sous la clarté d'une demi-lune de façon sourde et cotonneuse, quand D. me demanda à brûle-pourpoint :

— Connais-tu le mythe grec de la naissance de la peinture ?

J'en savais bien quelque chose, mais j'étais curieux d'entendre ce qu'il avait à en dire. J'ai de plus pour habitude de ne jamais décourager un conteur, aussi je répondis :

— Trop peu pour me priver du plaisir de te l'entendre me le raconter…

— Il y avait à Corinthe un potier – Dibutade de Sicyone, mais son nom n'a de fait aucune importance – dont la fille était profondément amoureuse d'un jeune homme à la veille de partir pour un long voyage, ou, selon les versions, pour la guerre. Durant leur dernière soirée avant son départ, ne supportant pas l'idée d'être séparée de lui si longtemps – et probablement dans l'angoisse mortelle qu'il ne revînt pas –, elle avisa l'ombre portée de son amant sur le mur par la lumière d'une lampe à huile. Elle saisit un charbon de bois tombé du four de son père et, sur la paroi, traça les contours de la silhouette du jeune homme en suivant ceux de son ombre. Il partit. Durant son absence, elle restait de longs moments à contempler ce trait qui reproduisait le profil de l'homme qu'elle chérissait.

— Je connaissais ce mythe dans ses grandes lignes – on le trouve chez Pline, je crois – mais ta façon de le raconter fait porter l'accent sur la dimension émotionnelle de l'invention de la peinture, enfin du dessin avant la peinture, d'ailleurs.

— Ce mythe, de fait, présente la double nature, à la fois mimétique et émotive, de ce transfert inaugural des arts du trait. Sur la question de la *mimesis*, il n'y a rien à dire, ou plutôt *plus* rien à dire, le sujet ayant été débattu mille et mille fois. Mais ce contour célèbre ne se contente pas de ressembler, il est aussi une trace, une empreinte.

— Comme la photographie, donc ?

— Oui, de façon moins évidente, mais tout aussi irréductible, la peinture est la trace du référent, par imitation et par projection. Je ne sais pas comment s'est imposée comme une évidence cette idée que la garantie référentielle de la photographie repose sur une connexion physique entre la chose et le support, par l'entremise du photon, alors que sa prétendue fondation technique ne résiste pas à l'examen détaillé du comportement réel des flux lumineux.

— Comment ça ? C'est pourtant la théorie communément admise, il me semble, enfin du moins parmi les spécialistes, qui dit que ce sont les rayons réfléchis par la surface même des objets qui vont marquer leur empreinte sur la plaque sensible…

— On ne peut pas raisonner comme si les rayons lumineux émis par l'objet photographié atteignaient directement le support, et oublier le rôle décisif du dispositif optique. Il s'agit, physiquement parlant, d'un mécanisme très complexe où, selon la transparence ou l'opacité du milieu, les photons incidents sont absorbés par des charges électriques, qui réémettent alors de nouveaux photons. C'est donc seulement le bilan de ces processus d'absorption et de réémission itérés qui détermine l'empreinte photographique ; les photons qui entrent dans un objectif ne sont pas ceux qui en sortent, et il y a bien un renouvellement complet des constituants de la lumière originale.

— Mais d'où provient, alors, ce sentiment répandu, cette croyance commune, que la photographie porte en elle la trace de ce qu'elle représente, ce fétichisme, presque, de la continuité de matière entre les sujets et les images ?

— Barthes l'a dit, la photographie, plus que toute autre technique de la représentation, atteste que le sujet a été là au moment de la prise de vue. On peut toujours truquer une photo, mais la garantie qu'elle présente repose justement à la base sur ce protocole optico-physique si complexe qu'on ne peut altérer sans dommage pour la ressemblance, la fidélité de l'image à son original.

— Et donc, selon toi, pour la peinture, ou le dessin, c'est un protocole de même force, à défaut d'être de même nature, qui, créant le lien entre le sujet et sa représentation, assure que l'investissement affectif qu'on peut mettre dans un portrait est tout aussi valable et justifié…

— Oui, et note bien que dans le mythe, c'est l'échange entre l'objet et le sujet du désir qui est à l'origine du dessin, et de la peinture. C'est lui le vrai enjeu du protocole d'enregistrement…

Je restais coi, réfléchissant à ce qu'impliquait cette hypothèse, si séduisante.

D. reprit, mais se parlant de nouveau bien plus à lui-même que m'adressant la parole.

— Et voilà pourquoi j'ai échoué…

J'arrêtai mon pas, et il fut obligé de se tourner vers moi pour, plantant dans les miens ses yeux où brillait le défi, répondre à ma question muette.

— Oui. J'ai échoué. Exactement : j'ai échoué. Je n'ai pas pu photographier Flavia, ni obtenir un double numérique de la photo de son ombre, parce que le protocole, le dispositif, qui m'aurait permis de le faire n'a pas été respecté.

Je n'eus pas à répondre car nous étions rendus à sa villa. Il était déjà tard, et je sentis qu'il n'était pas disposé à continuer notre entretien. Ou bien est-ce moi qui ne le souhaitais pas, de crainte d'affronter des arguties d'une subtilité excessive pour cette heure tardive, ou pour ma tournure d'esprit cartésienne ?

Sous l'édredon un poil trop chaud, le sommeil me fuyait. Était-ce le repas riche et arrosé, ou la légère appréhension teintée d'une pointe d'agacement qu'avaient provoquée les propos de mon hôte ? J'en avais jusqu'à ce soir l'image d'un homme posé et rationnel, doté d'un humour flegmatique, sans finalement jamais m'être posé la question de savoir s'il était heureux, ou pas, et à quel degré ; je découvrais un être rongé secrètement par une obsession dirimante, et d'autant plus par la conscience de ce qu'elle comportait de navrant.

Alors que je repensais au mouvement de son calepin se refermant comme une fleur, surgit sous mes paupières l'image de ce divertissement puéril qu'il m'avait évoqué, la salière. »

— Je dois t'avouer que j'ai complètement oublié ce que c'est, m'interrompit C.

Tandis que je débitais mon histoire, nous avions parcouru presque toute la Presqu'île, car finalement, c'est moi qui l'avais raccompagnée jusque chez elle, alors qu'elle aurait dû m'abandonner devant mon domicile, qui se trouvait sur le chemin pour rejoindre le sien.

— C'est un petit amusement pratiqué – autrefois, sans doute, car aujourd'hui, je ne sais s'il a toujours cours, et même je redoute que non – par les enfants. Il s'agit d'un pliage en volume dans lequel on glisse le pouce et l'index de chaque main, avec huit faces internes que l'on peut ouvrir ou fermer à volonté, mais seulement par groupe de quatre. C'est-à-dire qu'on ne peut jamais voir les huit faces ensemble. Je ne sais plus trop d'ailleurs comment on s'en divertit, je crois qu'on fait choisir un nombre à une personne et que celui qui tient la salière ouvre et ferme les faces en comptant à chaque fois, et qu'arrivé au terme, la personne doit alors choisir parmi une des faces, agrémentées d'un numéro ou d'un petit symbole, et qu'ensuite on lui lit le texte situé au revers de la face, genre une plaisanterie ou un gage… Là n'est pas le point. Ce que j'en retenais à ce moment-là, c'est que ce pliage unique, suivant les faces qui apparaissent durant sa manipulation, peut montrer deux choses très différentes, voire antagonistes. Quatre petits cœurs, ou quatre étoiles ; quatre têtes d'angelot, ou quatre figures de diablotin ; des symboles sacrés, ou des pentacles maléfiques. Enfin bref, une belle image de la dualité du réel.

— Et après, que s'est-il passé ?

— Après, rien, je n'ai jamais revu D. Il a complètement disparu de la circulation. J'ai cherché à prendre de ses nouvelles, mais sa maison est presque tout le temps fermée et lui absent, en voyage ou en déplacement, sans que personne à W. ne sache me dire pour quelle destination et pour combien de temps. Et il ne répond pas à mes lettres.

C. étouffa un bâillement.

— On ne saura jamais le fin mot de cette histoire de portrait, alors ?

— Je crains bien que non, hélas.

Nous convînmes, avant de nous séparer, de nous retrouver le lendemain soir pour aller revoir, une nouvelle fois, *L'Année dernière à Marienbad* qui se donnait dans une salle de la rive gauche, vétuste, splendide, et menacée de semaine en semaine d'une fermeture sans cesse différée.

Au moment où je t'écris, très chère Éva, cette salle a été remplacée par un parking multiniveaux, et j'ai reçu, depuis quelque temps déjà, des nouvelles de D., mais pas du tout comme je l'avais imaginé, et d'une façon je dirais même peu conventionnelle.

Je trouvai un soir dans ma boîte aux lettres une lettre expédiée par Maître A., notaire à W. me demandant de bien avoir l'obligeance de me mettre en rapport avec lui pour, selon la formule consacrée, affaires me concernant. Le nom de la ville éveilla chez moi une légère inquiétude, et je pris mes dispositions pour me rendre rapidement à l'étude de ce tabellion de province. M'ayant reçu dans son bureau qui sentait l'encaustique et, j'en jurerais, le parchemin sec, il m'annonça sans trop de ménagement que D. avait fait de moi son exécuteur testamentaire. Quoique abasourdi, je m'enquis des circonstances de la mort de celui que je n'avais osé appeler mon ami, titre que l'annonce soudaine de sa disparition lui conférait *ex abrupto* – ainsi est fait l'homme, qui ne mesure la valeur d'une relation qu'au moment où une perte irrémédiable l'en dépossède à tout jamais. Maître A. m'apprit que D. avait mis fin à ses jours plusieurs mois auparavant.

Le corps restait introuvable, mais une lettre où il annonçait son intention et diverses dispositions prises dans les semaines précédant le passage à l'acte ne laissaient aucun doute sur la réalité de son trépas. Un matin, on avait retrouvé son véhicule en bordure d'une plage de l'Atlantique, ainsi que, en tas sous quelques galets destinés à empêcher le vent de les emporter, ses vêtements soigneusement pliés et parmi ceux-ci une pièce d'identité, périmée, mais depuis peu. L'océan ne rend pas toujours ceux qui vont à lui. À l'issue de l'enquête de police, le procureur de la République avait judiciairement déclaré le décès, comme le prévoit l'article 88 du Code Civil, ce qui avait permis l'ouverture du testament.

D., orphelin très jeune, n'avait ni famille ni héritier, réservataires ou autres, et pouvait décider sans contrainte de ses avoirs en ce monde. Ses dernières volontés étaient simples. La somme obtenue par la réalisation de tous ses actifs et biens meubles ou immeubles serait versée à une fondation, ancienne mais peu connue, pour venir abonder, par un placement judicieux, sans aucune contrepartie ou obligation, les bourses d'études qu'elle attribuait chaque année à de jeunes musiciens afin qu'ils puissent achever leur formation sans trop de soucis matériels. J'étais chargé de veiller à cette opération au mieux des intérêts de l'intention manifestée par cette donation. Tous mes frais seraient bien entendu pris en charge par le produit de la succession. Pour me remercier de la peine que me coûterait cet office, D. me léguait en propre la gravure Cochin, une petite huile italienne maniériste représentant sainte Cécile trimballant son orgue positif, et un coffret Art déco d'acajou et de palissandre, « *parce qu'il l'avait admiré lors de sa dernière visite* » disait le texte que le notaire me lisait d'une voix monocorde. Devais-je entendre dans la mention de cette ultime rencontre, déjà ancienne, un petit reproche pour mon éloignement ? J'avais écrit, tout de même, sans jamais recevoir de réponse.

Ma mission commencerait aussitôt que possible par l'inventaire de la villa. Comme finalement rien d'urgent ou de contraignant ne m'appelait à L., je résolus de m'atteler immédiatement à la tâche qui m'avait été dévolue. J'avais, par je ne sais quelle intuition, pris avec moi un bagage suffisant pour une nuit ou deux – je pourrais de toute façon acheter ce qui me manquerait – et je m'enquis auprès du notaire d'un hôtel confortable. Il me recommanda un établissement et appela le clerc – un garçon massif aux oreilles incroyablement décollées sur ses cheveux ras – qui m'accompagnerait dans l'après-midi pour commencer le recensement du contenu de la maison de D., besogne où il se révéla plus dégourdi qu'il n'en avait l'air de prime abord. En deux demi-journées, tout fut réglé. Je sélectionnais les meubles et les objets qui partiraient en salle des ventes, le clerc les photographiait et les étiquetait. J'organisai par téléphone un rendez-vous entre ce dernier et un marchand de livres que je connaissais vaguement afin qu'il fasse une offre pour la bibliothèque ; spécialisé dans le domaine musical, l'homme fut facilement appâté par la mention de quelques éditions, et ce d'autant plus qu'une rapide vérification lui permit de confirmer que sa mémoire ne l'avait pas trompé, D. figurait bien dans le fichier de ses clients. Il fut convenu que le clerc me communiquerait l'offre qui serait faite et que je donnerais, ou non, mon aval. Il fut aussi décidé aussi que tout ce qui resterait après ces opérations, dont les vêtements, serait donné à une association caritative, à charge pour elle d'en organiser l'enlèvement. Il faisait froid dans cette maison humide, et pour m'en préserver, j'avais trouvé dans une armoire une écharpe, très épaisse, en soie, dont le tissage formait une bigarrure ondoyante de rouge sombre, de jaune doré et de bleu canard, singulièrement attachante. Elle embaumait discrètement le vétiver de Java, essence par D. affectionnée. Je négligeai de la remettre en place, et l'emportai le lendemain avec les objets qu'il m'avait légués, quittant W. pour sans doute ne jamais y revenir ; en effet, la villa trouvant rapidement un acquéreur, cinq mois après ma rencontre avec le notaire, la volition de D. était entièrement réalisée et je reçus *quitus* de mon mandat. Tandis qu'il me conduisait à la gare, je m'ouvris au clerc d'une réflexion qui me traversait l'esprit. Nous n'avions trouvé au domicile de D. aucun document personnel, aucune archive, aucune de ces paperasses administratives ou autres, plus ou moins officielles, qui encombrent habituellement secrétaire et bureau ou sommeillent dans des dossiers et des classeurs. Le clerc me répondit que le tri de ces documents et leur dépôt chez Maître A. faisaient justement partie des fameuses dispositions que D. avaient prises quelques semaines avant sa disparition, accréditant la thèse qu'elle avait été soigneusement préméditée.

Au moment de nous séparer, le clerc me serra chaleureusement la main et me remit une petite enveloppe de fort grammage, libellée à mon nom. Elle contenait la clef ouvrant le coffret que j'emportais. Je n'avais effectivement pas pu prendre connaissance de son contenu, qu'on sentait bouger lorsqu'il était remué et j'avais réservé à un moment ultérieur le soin de forcer la serrure sans l'endommager. Le clerc – Michel, son prénom me revient subitement, je ne sais pourquoi – me spécifia que la remise de cette enveloppe à ce moment précis faisait partie des instructions que D. avait laissées à Maître A.

Le voyage de retour fut morose, et je revenais sans cesse à l'idée que D. avait eue de me choisir comme exécutant de ses ultimes intentions. Fallait-il qu'il soit bien seul pour me désigner, moi qui ne lui étais, finalement, pas si proche, ou alors était-ce parce qu'il savait que je m'en occuperais de façon efficace et scrupuleuse, et que peut-être plus qu'un autre, je les comprendrais…

Ce n'est que quelques jours après mon retour que je trouvai le temps de déballer les objets qu'il avait choisi de me laisser. La gravure figure désormais en bonne place dans mon salon où elle amuse mes visiteurs, j'ai relégué la patronne des musiciens empêtrée de ses voiles dans un renfoncement où elle ne se fait pas trop remarquer, et le coffret, posé sur une table basse, contient désormais mes jeux et marques de tarot.

Lorsque je l'ouvris, j'y trouvais une photo, celle-là même dont j'ai raconté l'histoire au début de ce récit, et une lettre de D. dont j'entrepris immédiatement la lecture. Sans te faire languir plus avant, voici son contenu. Je te préviens seulement que je me refuse absolument à la commenter.

« Mon très cher P.

Si tu lis cette lettre, c'est que tout est accompli, mais que j'aurai échoué, de nouveau.

Je me suis fixé un seul but depuis ce fatal séjour à U., réussir à retrouver celle dont le souvenir me hante si douloureusement, au point que le rêve dans lequel je l'ai rencontrée a acquis jour après jour plus de consistance que la morne pâleur de ce qu'on appelle la réalité. Je t'ai relaté les circonstances dans lesquelles j'ai fait la connaissance de Flavia, tu sais la nature des recherches que j'ai entreprises depuis des années, et tu devines sur quelles pistes, mystérieuses, fascinantes ou illusoires, elles m'ont mené. Ces chimères seraient restées sans doute sans conséquence si un véritable coup de théâtre n'était venu tout remettre en perspective. J'ai appris que *La Joueuse de théorbe* n'a pas été entièrement détruite lors de l'incident durant cette funeste exposition. J'étais persuadé de sa disparition, parce que j'avais interprété dans un sens littéral le mot italien décrivant l'état de la toile, ce qui me faisait conclure à sa destruction. Cependant, la toile n'était que *brûlée*, et non pas *consumée*. Elle vient de refaire surface à Florence où elle a subi une longue restauration.

Je sais que tu vas envisager sérieusement l'hypothèse que j'ai totalement perdu l'esprit, mais je suis persuadé – que dis-je, je sais ! – que Flavia, ou plutôt l'essence de Flavia, a été enfermée dans ce portrait à l'aide d'un puissant rituel permettant de convoquer des forces, qui pour être invisibles, n'en sont pas moins réelles, bien qu'elles se tiennent habituellement, inoffensives et désœuvrées, en lisière de notre monde matériel.

Peu importe comment, je suis certain d'avoir découvert la méthode pour délivrer Flavia de la prison en deux dimensions où elle est retenue. Elle avait réussi à s'en échapper une fois, peut-être à mon appel, et c'est sans doute malheureusement mon impatience qui a empêché que se termine le processus qui devait conduire à son élargissement complet et définitif.

Je vais partir pour Florence, pour accomplir au plus près possible du tableau, un rituel qui viendra briser celui qui tient en sa puissance l'amour de ma vie, pour la rendre enfin au monde et à mes bras qui l'attendent.

Si je réussis, je reviendrai à W. pour couper court aux rumeurs que j'ai moi-même contribué à faire naître sur mon absence ; car si j'échoue, j'ai résolu de terminer le cours de mes tristes jours et j'ai organisé ici toute une mise en scène qui fera croire sans difficulté à une disparition volontaire dans les parages. Néanmoins, si mon entreprise ne me mène pas à mes fins, c'est sous l'amoureux soleil italien que je m'effacerai, anonymement, sans qu'on puisse me retrouver, emporté par les courants du Phare de Messine.

Puisque tu lis ces lignes, tu connais désormais le lamentable dénouement de cette pitoyable aventure. C'est de l'autre rive que je m'adresse à toi. Plains-moi, un peu, mais ne te lamente pas, j'ai vécu une vraie passion, même si elle est peu commune. Combien peuvent en dire autant ? Je sais que tu t'acquitteras scrupuleusement des emplois que je t'ai confiés. J'espère que la coquine Europe amènera toujours un sourire sur tes lèvres quand tu la regarderas, même te souvenant comment elle est arrivée dans ton salon. Ne relègue pas sainte Cécile dans un cagibi ou dans un coin trop sombre. Oui, je sais, c'est un faux, et pas terrible. Oui, je sais, j'ai eu tort de m'endetter, encore étudiant, pour cette œuvre qui ne valait guère plus que la toile et les pigments qui la composent. Mais toi-même, n'as-tu pas eu le tort de m'avancer la somme nécessaire à cet achat en tentant à peine de me dissuader ? Il est donc juste qu'elle te revienne. Décidément, il sera dit que je n'aurai été guère heureux avec les femmes en peinture.

Je te dis adieu, mon cher P. »

Cette manière abrupte de prendre congé était bien caractéristique de la retenue de D. et c'est la gorge serrée que je remis cette missive dans son enveloppe ; je saisis la photo, et je tentai d'y discerner cette ombre fugace à l'origine de tous ces événements, mais malgré mes efforts – inclinaisons, éclairages variés – il me fut impossible de la retrouver, tout à fait comme si elle n'avait jamais figuré sur ce tirage.

L'épilogue de cette histoire, si j'ose l'appeler ainsi, ne survint qu'encore quelques semaines plus tard.

En même temps que mon quotidien, j'avais acheté au kiosque une revue d'art grand public qui contenait un dossier sur un sujet qui m'intéresse. Je m'installai dans ce café des quais que j'affectionne en raison de ses lambris fatigués et de la vue qu'il offre sur la cité. Ses lumières chaudes étaient réconfortantes par le temps maussade de ce matin-là. Après la lecture des nouvelles – déprimantes – de la presse et du dossier, fascicule un peu décevant qui ne m'apprenait pas grand-chose, et alors que je feuilletais distraitement le reste du mensuel, mon attention fut attirée par un court article assorti de deux illustrations. Le voici.

« *Séparés depuis des siècles, ils sont enfin réunis.*

La banque lombarde X. organise actuellement à U. une exposition de ses acquisitions réalisées depuis dix ans, dont deux portraits de l'atelier de Bronzino forment le clou. Celui de la jeune femme, représentée jouant du théorbe, a été acquis par l'établissement financier il y a plusieurs années mais était resté invisible depuis. En effet, cette œuvre a fait l'objet d'une longue et délicate restauration après avoir été, lors d'une brève exposition, gravement endommagé dans des circonstances qui n'ont jamais été rendues publiques, à défaut peut-être d'avoir été élucidées. L'autre portrait, celui d'un homme plus âgé et de belle prestance dans son pourpoint rouge foncé égayé par des crevés jaunes et bleu-vert, a été retrouvé, avec quelques objets de valeurs, au fond d'une cave, jusqu'alors murée, dans un palais de Florence. P. D.-L., conservatrice chargée de son examen, a immédiatement fait le lien avec le portrait de la jeune femme, car l'homme tient à la main, très visible, une boucle d'oreille composée d'une émeraude et d'une grosse perle, pendant exact du bijou arborée par la musicienne. Il s'agit très certainement, nous explique la *professoressa* P. D.-L., d'une œuvre exécutée lors d'une circonstance particulière, peut-être en vue d'un futur mariage entre deux familles aisées, mais les commanditaires et les personnes représentées restent, pour l'instant, inconnus. Et c'est vraiment tout à fait par hasard que s'est fait le rapprochement entre les deux toiles, car si la *dottoressa* P. D.-L. n'avait pas eu l'occasion de travailler précédemment sur l'attribution de *La Joueuse de théorbe*, la connexion entre les deux œuvres n'aurait sans doute jamais été envisagée. La banque X., informée par la perspicace conservatrice, a décidé très rapidement de se porter acquéreuse de cette œuvre qui complète si opportunément celle déjà en sa possession, et c'est ainsi que ce couple est enfin réuni après plus de quatre siècles. Pour ne plus jamais se quitter, espérons-le. »

Je reposai avec lenteur la revue et, au travers de la vitrine du café, regardai longuement le jeu langoureux des volutes et des nappes de brume ondoyantes sur la cuirasse d'étain plombé de la Saône, caressant du bout des doigts l'écharpe de soie autour de mon cou. Cette écharpe rapportée de W., dans laquelle je discernais encore en ce jour, ou était-ce mon imagination, des effluves boisés et fumés.

Le portrait de la jeune femme était sans aucun doute charmant, bien que mon regard fût plus attiré par le dessin de la rosace ornant son théorbe, un dessin qui m'était bizarrement familier. Mais, dans le visage de l'homme, avec ses yeux vifs et son léger sourire, j'avais reconnu, pour moi sans aucun doute possible, les traits graves et harmonieux de D.

À la demande de quelques lecteurs, voici le sens de « une épreuve *avant la tombée* » en parlant d'une gravure. Il s'agit d'une pratique, marginale, des graveurs des XVIIe et XVIIIe siècles, réservée à une clientèle choisie. Lors de la réalisation du support d'une gravure, lithographie ou eau-forte, représentant une scène de genre, de préférence mythologique, les personnages étaient tout d'abord représentés soit simplement nus, soit engagés dans une activité sexuelle explicite, avec tous les détails visibles, et on tirait quelques exemplaires de cette version, avant de compléter le dessin par des vêtements et des draperies dont les plis masquaient ce qui ne devait point être vu par de chastes yeux. Ces tirages licencieux étaient dénommés *avant la tombée*, celle du tissu rétablissant la décence.

Ce récit vous a plu ?

Découvrez les autres ouvrages de l'auteur
http://www.amazon.fr/Patrice-Salsa/e/B004MWTFS0

et sa page Facebook
http://www.facebook.com/patrice.salsa.auteur

Vous pouvez également lui écrire
patrice.salsa.auteur@free.fr